Nota para los padres y encargados:

Los libros de *Read-it! Readers* son para niños que se inician en el maravilloso camino de la lectura. Estos hermosos libros fomentan la adquisición de destrezas de lectura y el amor a los libros.

 El NIVEL MORADO presenta temas y objetos básicos con palabras de alta frecuencia y patrones de lenguaje sencillos.

 El NIVEL ROJO presenta temas conocidos con palabras comunes y oraciones de patrones repetitivos.

 El NIVEL AZUL presenta nuevas ideas con un vocabulario más amplio y una estructura gramatical más variada.

 El NIVEL AMARILLO presenta ideas más elevadas, un vocabulario extenso y una amplia variedad en la estructura de las oraciones.

 El NIVEL VERDE presenta ideas más complejas, un vocabulario más variado y estructuras del lenguaje más extensas.

 El NIVEL ANARANJADO presenta una amplia de ideas y conceptos con vocabulario más elevado y estructuras gramaticales complejas.

Al leerle un libro a su pequeño, hágalo con calma y pause a menudo para hablar acerca de las ilustraciones. Pídale que pase las páginas y que señale los dibujos y las palabras conocidas. No olvide volverle a leer los cuentos o las partes de los cuentos que más le gusten.

No hay una forma correcta o incorrecta de compartir un libro con los niños. Saque el tiempo para leer con su niña o niño y transmítale así el legado de la lectura.

Adria F. Klein, Ph.D.
Profesora emérita, California State University
San Bernardino, California

Editor: Bob Temple
Creative Director: Terri Foley
Editorial Adviser: Andrea Cascardi
Copy Editor: Laurie Kahn
Designer: Melissa Voda
Page production: The Design Lab
The illustrations in this book were created in gouache.
Translation and page production: Spanish Educational Publishing, Ltd.
Spanish project management: Jennifer Gillis/Haw River Editorial

Picture Window Books
5115 Excelsior Boulevard
Suite 232
Minneapolis, MN 55416
1-877-845-8392
www.picturewindowbooks.com

Printed in the United States of America.

Library of Congress Cataloging-in-Publication Data
White, Mark, 1971-
[Lion and the mouse. Spanish]
El león y el ratón : versión de la fábula de Esopo / por Mark White ; ilustrado
por Sara Rojo ; traducción, Patricia Abello.
p. cm. — (Read-it! readers)
Summary: A mouse begs a lion for mercy and, after he is set free, promises that
he will help the lion some day in return.
ISBN 1-4048-1623-2 (hard cover)
[1. Fables. 2. Folklore. 3. Spanish language materials.] I. Rojo, Sara, ill.
II. Abello, Patricia. III. Aesop. IV. Title. V. Series.

PZ74.2.W47 2005
398.2—dc22   2005023455

El león
y el ratón

Versión de la fábula de Esopo

por Mark White
ilustrado por Sara Rojo
Traducción: Patricia Abello

Con agradecimientos especiales a nuestras asesoras:

Adria F. Klein, Ph.D.
Profesora emérita, California State University
San Bernardino, California

Kathy Baxter, M.A.
Ex Coordinadora de Servicios Infantiles
Anoka County (Minnesota) Library

Susan Kesselring, M.A.
Alfabetizadora
Rosemount-Apple Valley-Eagan (Minnesota) School District

PICTURE WINDOW BOOKS
Minneapolis, Minnesota

Más *Read-it! Readers*

Con ilustraciones vívidas y cuentos divertidos da gusto practicar la lectura. Busca más libros a tu nivel.

CUENTOS DE HADAS Y FÁBULAS

La bella durmiente	1-4048-1639-9
La Bella y la Bestia	1-4048-1626-7
Blanca Nieves	1-4048-1640-2
El cascabel del gato	1-4048-1615-1
Los duendes zapateros	1-4048-1638-0
El flautista de Hamelín	1-4048-1651-8
El gato con botas	1-4048-1635-6
Hansel y Gretel	1-4048-1632-1
El lobo y los siete cabritos	1-4048-1645-3
Los músicos de Bremen	1-4048-1628-3
El patito feo	1-4048-1644-5
El pescador y su mujer	1-4048-1630-5
La princesa del guisante	1-4048-1634-8
Pulgarcita	1-4048-1642-9
Pulgarcito	1-4048-1643-7
Rapunzel	1-4048-1636-4
Rumpelstiltskin	1-4048-1637-2
La sirenita	1-4048-1633-X
El soldadito de plomo	1-4048-1641-0
El traje nuevo del emperador	1-4048-1629-1

¿Buscas un título o un nivel específico? La lista completa de *Read-it! Readers* está en nuestro Web site: *www.picturewindowbooks.com*

Una tarde, un ratoncito
despertó de su siesta.
Salió de casa para
buscar algo de comer.

El ratoncito cerró
los ojos y olió el suelo.
¡Qué bien olía el mundo!

Cuando volvió a abrir los ojos,
¡estaba frente al hocico
de un enorme león
que roncaba!

6

8

El ratón iba a huir,
pero su sombra cruzó
la cara del león. El león despertó
y dio un tremendo bostezo.

¡Qué temibles eran todos esos dientes!

—Parece que me despertó
un rico bocado —dijo el león.

Aprisionó la cola del ratón
con su manaza.

—Ten piedad —suplicó el ratón—.
Tú eres el rey del bosque.
Yo sólo soy un humilde
animalito.

—Tienes razón —dijo el león—.
Yo soy el rey del bosque.
Y como me encontraste
de buen humor,
te doy la libertad.

—Gracias, Majestad
—contestó el ratón—.
Si algún día me necesitas,
te ayudaré de corazón.

El león se echó a reír.

—¿Qué puede hacer por mí
un animalito tan chiquito?
¿Puedes ayudarme a cazar?

—No —contestó el ratón.

—No te preocupes, pequeño.
Quedas libre. No me debes nada.

El león desapareció en el bosque,
pero el ratón seguía oyendo su risa.

Al poco rato, el ratón sintió el olor
de una rica fruta y fue a buscar
algo de comer.

Esta vez, el ratón tenía los ojos
bien abiertos mientras olía.

De pronto oyó un ruido
extraño.

El ratón se devolvió por el camino
y halló al león atrapado en una red.

—¡Yo te ayudaré! —gritó el ratón.
El león casi ni oía los grititos del ratón.

—¿Qué puedes hacer, pequeño?
—preguntó el león—. Es mejor que
huyas antes de que los cazadores
regresen y te atrapen a ti también.

El ratón se quedó. Se trepó
al árbol y mordisqueó la red.

Sus dientes no eran tan grandes
como los del león, pero eran
muy afilados.

Al poco rato, el león saltó de la red.
¡Por fin estaba libre!

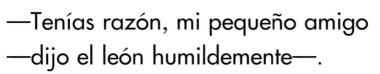

—Tenías razón, mi pequeño amigo
—dijo el león humildemente—.
Fuiste capaz de ayudarme cuando
más lo necesitaba. Te debo la vida.

—No te preocupes, Majestad
—dijo el ratón—.
Quedas libre.
No me debes nada.

El rey del bosque y su nuevo amigo
se fueron juntos por entre los árboles.

—No creíste que podía ayudarte
—dijo el ratón—. Pero un acto
de bondad nunca se pasa por alto.